LES PLAINCTES DE MONSEIGNEVR LE DVC DE VENDOSME, AV ROY.

LES PLAINCTES

de Monſeigneur le DVC DE VENDOSME, AV ROY.

Le Duc de Vendoſme.

DOis-je perdre tout mon âge
Sacs repos ny liberté ?

Le Roy.

Couſin vous eſtiez volage,
Mais ie vous ay arreſté.

Le Duc.

Au moins qu'on me faſſe entendre
Pourquoy ie ſuis detenu.

Le Roy.

Couſin vous me vouliez prendre,
Mais ie vous ay preuenu.

Le Duc.

Pour vous en ceſte contrainte
Ie meurs la nuict & le iour.

Le Roy.

C'eſt de regret, ou de crainte,
Vous ne mourez pas d'amour.

Le Duc.

Ie commence de comprendre
Pourquoy l'on m'a retenu.

Le Roy.

Cousin vous me vouliez prendre,
Mais ie vous ay preuenu.

Le Duc.

Amour de vous print naissance,
Par vous il est triomphant.

Le Roy.

Ie coverue la puissance
De la Mere, & de l'Enfant.

Le Duc.

Helas! ie viens de l'apprendre,
Par ce qui m'est aduenu.

Le Roy.

Cousin vous me vouliez prendre,
Mais ie vous ay preuenu.

Le Duc.

Qui pourroit de vostre Face
Voir les Lys sans vous seruir.

Le Roy.

Mais c'est auoir trop d'audace
De me les vouloir rauir.

Le Duc.

Helas ? ie viens de l'apprendre
Par ce qui m'est aduenu.

Le Roy.

Cousin vous me vouliez prendre,
Mais ie vous ay preuenu.

Le Duc.

Le Myrthe qui vous couronne
Est fort agreable à voir.

Le Roy.

On doit aimer ma Couronne
Sans aſpirer à l'auoir.

Le Duc.

Helas ! ie viens de l'apprendre
Par ce qui m'eſt aduenu.

Le Roy.

Couſin vous me vouliez prendre,
Mais ie vous ay preuenu.

Le Duc.

I'ay tant trauaillé pour elle
Que iamais ait fait Amant.

Le Roy.

Le trauail d'vn Infidelle
Eſt digne de chaſtiment.

Le Duc.

Helas ? ie viens de l'apprendre ;
Par ce qui m'eſt aduenu.

Le Roy.

Couſin vous me vouliez prendre.
Mais ie vous ay preuenu.

Le Duc.

Les Traiſtres de ceſte Ville
Me conſeilloient ce deſſein.

Le Roy.

Vous n'eſtiez donc guiere habile,
Et leur Conſeil guiere ſain.

Le Duc.

Helas ? ie viens de l'apprendre
Par ce qui m'eſt aduenu.

Le Roy.

Le Roy.

Cousin vous me vouliez prendre,
Mais ie vous ay preuenu.

Le Duc.

Voyant ma misere extrême,
Appaisez vostre courroux.

Le Roy.

„ Si i'ay pitié de moy-mesme,
„ Ie ne puis l'auoir de vous.

Le Duc.

Helas ! ie viens de l'apprendre
Par ce qui m'est aduenu.

Le Roy.

Cousin vous me vouliez prendre,
Mais ie vous ay preuenu.

Le Duc.

Puis que ma faute est passee,
Perdez-en le souuenir.

Le Roy.

Ie la garde en la pensee
Pour tout le temps à venir.

Le Duc.

Helas ! ie viens de l'apprendre,
Par ce qui m'est aduenu.

Le Roy.

Cousin vous me vouliez prendre,
Mais ie vous ay preuenu.

Le Duc.

Mon credit (Nymphe hautaine)
Vous pourroit venir à poinct.

Le Roy.

Ma puissance plus certaine
C'est que vous n'en ayez point.

Le Duc.

Helas ! ie viens de l'apprendre
Par ce qui m'est aduenu.

Le Roy.

Cousin vous me vouliez prendre,
Mais ie vous ay preuenu.

Le Duc.

Mes Amis seront en diuorce
Me voyant si mal mené.

Le Roy.

Lors que le Chef est sans force,
Le reste est bien estonné.

Le Duc.

Helas ! ie viens de l'apprendre
Par ce qui m'eſt aduenu.

Le Roy.

Couſin vous me vouliez prendre,
Mais ie vous ay preuenu.

Le Duc.

Ie feray (pour vous complaire)
Vos vouloirs inceſſamment.

Le Roy.

Vous ne les ſçauriez mieux faire
Qu'on veoid eſtre maintenant.

Le Duc.

Ie commence de comprendre
Pourquoy l'on m'a retenu.

Le Roy.

Cousin vous me vouliez prendre,
Mais ie vous ay preuenu.

Le Duc.

Mes mâtins plains de furie
Feront la garde pour vous.

Le Roy.

Mais toute vostre Patrie
Croit que vos chiẽs sont des loups.

Le Duc.

Helas ! ie viens de l'apprendre
Par ce qui m'est aduenu.

Le Roy.

Cousin vous me vouliez prendre,
Mais ie vous ay preuenu.

Le Duc.

De vous honorer mon ROY
I'en iure sur mon trespas.

Le Roy.

Et ie iure sur ma foy
Que ie ne vous croiray pas.

Le Duc.

Helas ! ie viens de l'apprendre
Par ce qui m'est aduenu.

Le Roy.

Cousin vous me vouliez prendre,
Mais ie vous ay preuenu.

Le Duc.

Auec l'ardeur de mon Ame
Ie n'en puis venir à bout.

Le Roy.

I'aurois peur que voſtre flamme
Vint mettre le feu par tout.

Le Duc.

Helas ? ie viens de l'apprendre
Par ce qui m'eſt aduenu.

Le Roy.

Couſin vous me vouliez prendre;
Mais ie vous ay preuenu.

Le Duc.

A la fin chacun ſ'accorde,
Vous aurez pitié de moy.

Le Roy.

Ie ſuis ſans miſericorde,
Puis que vous eſtes ſans foy.

Le Duc.

Helas? ie viens de l'apprendre.
Par ce qui m'eſt aduenu.

Le Roy.

Couſin vous me vouliez prendre,
Mais ie vous ay preuenu.

Le Duc.

Ie ne m'y doibs plus attendre,
Mon deſſein eſt recognu.

Le Roy.

Ma foy vous me vouliez prendre,
Mais ie vous ay preuenu.

F I N.

www.ingramcontent.com/pod-product-compliance
Lightning Source LLC
LaVergne TN
LVHW052042160826
845678LV00003B/1486

* 9 7 8 2 3 2 9 6 2 7 3 9 7 *